eduardo forgiarini

O TEMPO EVAPORA

KOTTER
EDITORIAL

Coordenação Editorial: Sálvio Nienkötter
Editor-Executivo: João Lucas Dusi
Editor-adjunto: Daniel Osiecki, Claudecir de Oliveira Rocha
Arte de capa: Ná Silva
Foto do autor: Helmo Henrique Piculski
Capista: Jussara Salazar
Design editorial: Carlos Garcia Fernandes
Produção: Cristiane Nienkötter
Revisão e preparação de originais: O Autor

Dados Internacionais de Catalogação na Publicação (CIP)
Angelica Ilacqua CRB-8/7057

Forgiarini, Eduardo
O tempo evapora / Eduardo Forgiarini. — Curitiba : Kotter Editorial, 2023.
72 p.

ISBN 978-65-5361-213-6

1. Literatura brasileira 2. Poesia brasileira I. Título

CDD B869

23-2350

KOTTER EDITORIAL

Kotter Editorial Ltda.
Rua das Cerejeiras, 194
CEP: 82700-510 - Curitiba - PR
Tel. + 55(41) 3585-5161
www.kotter.com.br | contato@kotter.com.br

Feito o depósito legal
1ª Edição
2023

eduardo forgiarini

O TEMPO EVAPORA

Para minha mãe.

[...] *o tempo, o tempo, esse algoz às vezes suave, às vezes mais terrível, demônio absoluto conferindo qualidade a todas as coisas, é ele ainda hoje e sempre quem decide e por isso me curvo cheio de medo e erguido em suspense me perguntando qual o momento, o momento preciso da transposição? que instante, que instante terrível é esse que marca o salto? que massa de vento, que fundo de espaço concorrem para levar ao limite? o limite em que as coisas já desprovidas de vibração deixam de ser simplesmente vida na corrente do dia a dia para ser vida nos subterrâneos da memória* [...].

Raduan Nassar, *Lavoura Arcaica*

Que há entre o nunca e o sempre que os liga
tão indiretamente e intimamente?
No fundo de tudo há a aleluia.

Clarice Lispector, *Água viva*

Sumário

PROSA

Da violência, só isto

Meus ossos fervem contra a fúria do mundo. Este mundo que está tão-somente em mim: minha prisão, meu delírio. É esta a minha condição sem precisão de ser. Meu arcabouço em ruínas. O firmamento vem ao chão. A cúpula dos astros em perfeito desequilíbrio. Caminho, caminho nesta minha lama sem fim. Nada me é suficiente. Nada. E seja talvez a partir daí que derive a minha total incapacidade de ser. Nem a bebida nem o cigarro não me passam de beijos frios, inclinações escarlate de um velho rechaçado em corpo novo pelos céus acima do meu pequeno inferno. O que virá depois? Há sempre um depois. Estou tão cansado. Os meus olhos já não percorrem o mundo com a mesma complacência. O meu vazio é maior do que a densidade tônica do cosmo. Galáxias inteiras não são suficientes. É preciso ter mais. Uma gota, uma partícula, que seja, da esperança que me foi arrancada, restando apenas os rasgos na carne. E de que serve minha fúria caduca? Esta minha pele murcha, estes poucos cabelos tortos? De que me servem estas mãos carregadas de memória? Corpo e mente, corpo e sentimento. Acúmulo. Desperdício. Fascinação. Norte iminente. De que servem estas retinas fatigadas do poeta, se sua obra, seu grande propósito, cuspida ao povo num gozo demoníaco, se toda essa esquerdeza, já se esculpiu no mármore austero do tempo? Se o sentimento do mundo fosse do mundo não haveria sentimento, só um mundo arterial. O mundo rejeita tal regalo dado com tanto suor e pesar. E as folhas das árvores rastejam, como Caddy. Ela tinha o cheiro das árvores, cheiro do verde em brasa. Caddy tinha o cheiro do pecado. O pecado que é tão mais fácil, tão mais delicioso que a virtude. Mas nesta vida eu sou Quentin, e prostro em inveja de fim suicida. Porque fui fraco, porque deixei à morte, esta minha cortesã, a função a que não pude dar cabo. Por isso, odeio. Por isso e tudo aquilo. Por todos os nomes, todos os pronomes, preposições, adjetivos (tão fartos), advérbios (tão robustos), e pelos verbos. Porque no princípio – e como era bom o princípio – o espírito de Deus flutuava sobre a imensidão de mim, e então Deus disse que houvesse luz, e houve luz. E Deus viu que era bom. E Deus separou-a de mim, e disse que se chame a ela dia e a mim noite, e assim nos chamamos. E eu soube naquele instante, aquele raro instante em que o alumbramento se lhe explode, que não haveria caminho. E assim criei eu a dúvida, e seu perfume inebriou o abismo e a Estrela da Manhã, e eu soube que não haveria retorno. E eu soube... E se ali é que houvesse luz? E se nossas emoções, tão pequenas, se pusessem diante de nós como em picadeiro? Súbito, fui tomado pelos leões da mente: e se não houvesse começado o dia? A noite sem fim. Uma noite estrelada. Repleta de fúria. Não teria ele dito bom dia, dormiu bem? E eu não teria respondido com os olhos ainda cimentados tive certos sonhos. que sonhos? aqueles de que não fica nada além do gosto amargo na boca e não teria ele rido, meio tímido e sonolento ainda, um riso da manhã, sem força, e não teria dito sonhos são sonhos apenas, figurações da alma na ausência da mente reguladora e não teria eu rido o mesmo riso e acariciado seu rosto plasticidade e dito jamais amei algo como amo-te a ti nem mesmo os olhos daquela cigana? nem mesmo os olhos daquela cigana que me apontaram até ti as chamas dentro da tenda dançando ao baque seco castanholas saia longa vermelha blusa verde esmeralda lenço na cabeça de um ouro vivo e os olhos da cigana não teriam dito num portunhol canhestro que te encontraria minha estrela fim da minha era e ele teria dito não fizesse memórias tão cedo da manhã e não teríamos nos erguido e nada seria como antes nem a escuridão do abismo por que existes? eu te odiei do instante primeiro ao último suspiro odiei tuas manias a boca ácida de menta e lábios molhados olhos de tronco de árvore corpo esguio Andrômeda dos desesperados e o que fizeste amor-matéria-escura fugindo de nosso pequeno horizonte estelar nos teus pulsos marquei coordenadas -25.7704870º -49.719236º e falamos coisas tão tão e cruzamos olhares e ouviste brados de popular brasileira e amaste-me e eu tolo pensei que fosse o único naquele quarto cheio de breu luz amarela folhagens madeira tecido pele toque e nós seríamos um faça-me teu e serás meu sempre ao fim dos tempos dos astros cometas rastro de poeira não adentre a boa noite apenas com ternura já me avisava raiva raiva contra a morte da luz que fulgura e morremos em amplidão de memórias e cheiros bastava-te-me? não nunca jamais

Também o tempo senta-se à mesa[1]

Tenho também, dentro de mim, bem no fundo, reservas colossais de tempo[2]. Mas sou um homem pequeno. Os calos das minhas mãos machucam os talheres que tomo de sobre a mesa. Minha vista está cansada. Meus ouvidos escutam pouco, o essencial. Minha voz quase extinguiu-se. Minha boca, rude, perdeu-se em discussões passadas, quando ainda havia futuro. O tempo já me cobrou seu preço. À minha esquerda está Sophia. O rosto carnudo, os olhos velozes, a fome do mundo. A custo é que se mantém sobre a cadeira, tentando alcançar a mesa. Seus pés mal tocam o chão, e devem balançar enquanto come. Minha neta tem graça. Não me recordo da data exata, levei-a ao parque pela primeira vez. Ficou encantada com todas aquelas outras crianças gritando e correndo como se fugissem dalgum perigo mortal, ou como corressem para ele. O sangue jovem a galope nas veias miúdas. Segurava a minha mão com tanta força, como se a sensação do novo a tomasse por inteiro, como adentrasse um planeta desconhecido, como tivesse diante de si uma nova aventura audaz. Assegurei-a: não há o que temer. Estava, porém, imóvel. Seus pés haviam-se cravado ali, naquele chão de areia, e recusavam-se a andar. Passado um tempo, convenci-a: desde que segurasse a minha mão, estaria segura. Ela dispensava, também, o

[1] Conto originalmente publicado na *Revista Tinteiro*, da UFPR, por ser um dos ganhadores do Concurso Literário Luci Collin, da Semana de Letras da UFPR.

[2] Referência ao poema "Idade Madura", de Carlos Drummond de Andrade.

contato com outras crianças. Tinha traços antissociais – normais para algumas crianças da sua idade, imaginei. Fomos, então, até um brinquedo de escalada – o primeiro que tínhamos à frente. Os ferros emaranhados davam na minha altura, mas, para ela, formavam uma montanha vertiginosa. Titubeou, resmungou um pouco, até que a convenci a subir: primeiro uma mão, depois um pé, depois a outra mão, e por fim o outro pé. Começou a escalar, mas logo parou. Tinha subido alguns centímetros e se havia deixado consumir pelo medo. Vi seus olhos se inundarem rapidamente, em pânico. – Vovô, me tira daqui! Por favor! Não a tirei. Tentei mostrar-lhe que tudo aquilo era tolice. – Olhe para baixo e você verá que não há perigo algum. Embaixo de você, só há o chão, o chão e mais nada. Mas era tarde. Havia paralisado. Não demorou muito, as outras crianças ao redor começaram a nos encarar, curiosas. Os olhos bem abertos, os ouvidos bem atentos. – Vovô, eu não consigo... Me deixa sair... – Não. Você vai sair daí sozinha. É só fazer o caminho inverso. Primeiro um pé, depois o outro, até chegar ao chão. Ela, no entanto, se apavorou. A dificuldade de ordenar suas pernas para que descessem daquele monstruoso brinquedo era tamanha que, misturada ao temor sinestésico correndo pelas veias, urinou-se. Primeiro um pontinho escuro na calça rosa, depois um caminho úmido que ia até o fim das coxas. Chorou, covardemente. E não conseguiu descer. Apanhei-a e fomos para casa. Nunca mais falamos daquilo. Hoje está mudada – acho. Crescida. Diante de mim, olha para a mãe. Um misto de diligência e receio. Seus olhos são imensos, e devoram as coisas. – Vô, hoje eu fiz uma conta que foi difícil – anunciou. A luz cobria-lhe, e seus traços se dissolviam. As paredes brancas abraçavam-na. Era pequena para a sua idade. – E conseguiu? Chegou ao resultado? – Consegui. – Então difícil não foi – atestei. – É, mas eu demorei. E a tia me ajudou. – Mas conseguiu? – Consegui. – Então difícil não foi. Sophia me observava. Media-me. Bisbilhotava as minhas feições, à procura de algum indício de zanga. Limpei minha expressão, para confundi-la. Permaneci estático. Mas *ela* então interveio. Quase me esqueci de que estava ali. Era mais uma presença, um fantasma que se prendera a nós, à nossa casa. – Deixa o seu avô comer – disse, como que prevendo minha impaciência com a criança. E *ela* não estava de todo errada. Paciência era-me artigo raro, embora às vezes fizesse visita. Pensei encontrá-la com maior frequência quando velho. Mas a morte parece-me mais próxima. *Ela* me olha com o modo fugidio de sempre. Quando, por ventura, encaro-a, *ela* se esquiva. Lembra-me o mesmo olhar de quando eu gritava com ela, anos atrás – tantos quantos as árvores levam para minguar. *Ela* detestava quando eu o fazia. Ela *me* detestava quando eu o fazia. Talvez, eu penso, porque eu gritasse com pouca frequência, e, ao fazê-lo, dava vazão ao ódio. Não me continha. Coisa curiosa o grito. É o escape da ira, pura e viva, a pungência do sentimento que se entortava na palavra, e ganhava fôlego na saliva. Hoje consigo sabê-lo. Eu era covarde. Houve uma vez em que eu gritei demais. Havia pavor no seu olhar. Eu me exaltei, meu juízo se ia lesto, pelo ar. Todas as coisas evaporam. A sombra do meu braço rasgava a parede. Percebi a cena e então baixei-o, aturdido. Tive medo. Desculpei-me, confuso, ébrio pela vazão a que tinha dado lugar. Mandei-a sair. Temi o prazer absoluto de feri-la. Temi a sensação embriagante do meu cinto arrancar-lhe a pele, até chegar à carne, até sentir o cheiro doce da sua pequenez. Não era só expurgo, era poder, era fome. Algo agora me distrai da minha lembrança, e volto a mim. Olho a cena de fora. Sophia tem graça. Neste dia, uma exceção, parece enchida de sua meninice. Mexe-se na cadeira; anseia sair. Impaciente. Engole tudo tão rapidamente que sequer percebi, àquele instante, que havia quase terminado seu prato. – Para quieta, filha. Mastiga direito. A criança continua. Nada parece acalmá-la. Tem dentro de si o leão da infância, ainda algo selvagem. – Filha, eu não vou falar de novo... – Mas, mãe... – Eu já disse que você só vai sair depois do dever de casa... e de comer tudo – emendou. Sophia emburrou-se. Menina volúvel. Seu temperamento a dominava. Assim, tão ágil, de um segundo a outro, apanhou seu copo de suco, ergueu-o bem no alto, desenhando a sombra do seu braço no chão, para finalmente jogá-lo. – Eu quero brincar agora! *Ela* parou sua refeição. Um pedaço grande do vidro, que antes fora o fundo do copo, dançava, produzindo música, no chão. Dava ritmo ao espetáculo. *Ela* encarou Sophia, sisuda, contendo a fúria. Segurava nas mãos o talheres e os apertava, como que imaginando o pescoço da criança, como quisesse quebrá-lo, esmagá-lo até o último suspiro. Sophia logo esquivou-se; retraiu-se; manteve-se imóvel, tão silente quanto pôde. Teve medo. *Ela* gritou. Um grito agudo, sólido, umedecido, carregado das suas vísceras. Um grito arraigado, parasita, irradiante de toda a sua sujeira, de toda matéria interna, e do âmago da cólera; o núcleo próprio do detestar, do não-suportar, do não-suportar ter de suportar – o que torna tudo ainda pior. Na calça lilás de Sophia, um pontinho escuro apareceu. Ele foi crescendo, rastejando, ganhando força e desbravando o caminho, até que parou no fim das coxas. Outra vez. Outra. Isso me vem à mente quando olho para cadeiras vazias. Melancólicas... Vem-me tudo. Todas as manhãs de domingo, todas as roupas rasgadas, toda pele sangrada e toda a dor das feridas abertas, dos tombos que precederam o choro, toda noite em claro, todo o ócio das tardes quentes, todo grito e toda raiva, todo o medo que vinha do escuro e toda velha memória, tudo me atravessa. Como um poema. Mas já não há mais tempo.

Aquele outro búfalo

Para Clarice

Mas a manhã chega sempre avassaladora. E estanque, os braços pensos, detive-me em frente à vitrine observando figuras pálidas com rostos genericamente humanos. Paradas, sempre em retorno às mesmas posições. Pedi para que me ensinassem o amor, pois que do ódio já havia aprendido com os céus e aquele outro búfalo. Roguei para que me dessem lições do amor absoluto, das alegrias de que ela falava que dão gosto doce à boca. Desvestidos, eles me olhavam e diziam jamais te colocaríamos em maus lençóis, mas é na poeira que me deitavam, rindo-se de mim. Que criança deve ser o amor, peguei-me pensando, entre piscadas. Não à toa suas setas carregadas de imprudência nos alvejam. Mas voltemos aos manequins, que ainda respiram. A eles lhes digo não sobrará nada depois que eu vos odiar. E eles se riem uma vez mais. E uma vez mais rogo-lhes que me ensinem o amor, até que o primeiro da esquerda para a direita de quem se prostra me responde o amor é como a água: morta, mas tão essencial à vida que jamais se poderá conter. E a esta primeira fala respondo que não preciso de amor como quando estou com sede, que não me é necessário porquanto poderia passar a eternidade sem aprendê-lo, mas que meu desejo é mero capricho. O segundo corpo me diz então o amor é como uma bala, uma guloseima qualquer que nos sacia e nos faz cócegas à alma. E a este respondo que há os que preferem o sal, e que passarão toda a sua vida sem provar um grama de açúcar, e que portanto se perde a universalidade do amor. Já o terceiro, de voz áspera e retida, diz-me o amor é como uma cor que dá contorno às folhas, às nuvens e às mãos. E a ele direi que sou cego e que nasci cego para as cores do mundo. Por fim, o quarto manequim, sentado e de pernas cruzadas, uma das mãos à cintura e a outra rompendo o ar, a voz aveludada em falsa candura, rende-se às minhas janelas-da-alma ora turvas: o amor não pode ser descrito, tolinho; tampouco posto em igualdade a coisas rasteiras como são as terrenas; estas não se aproximam de sua dimensão. A ela então pergunto como é que se pode aprender o que não consegue ser descrito? E a figura se cala. Pergunto-me agora por que deixei minha cama, meus lençóis, mas a esta pergunta obtenho resposta. É a outra que custo a entender. Assim, caminho até o primeiro ambulante, que vende doces em pequenos pacotes postos sobre os retrovisores dos carros. Você sabe o que é o amor? Deus é amor, ele me diz. E essa resposta não me basta. Um segundo ambulante, que vendia garrafas d'água quando fechava o sinal, responde-me o amor é o que eu sinto por minha esposa, e tampouco me basta essa sua resposta. Caminho então até uma praça, e sob a sombra das árvores um vendedor de quadros pintados a óleo me diz o amor é a arte de se manter vivo nas ruas. Outra vez, sua resposta não basta. Pergunto a duas senhoras que passam, os cabelos grisalhos acompanhando o vento, que é o amor, ao que me respondem é o que sinto por meus netos. Sigo inquirindo, cada vez mais atônito, o coração entre o estômago e os intestinos, como era o dela. Sei que estou próximo do búfalo, posso senti-lo. Pergunto e ouço, quase sem respirar, que é para que não me fujam sequer os artigos ou as redundâncias dos plurais. Amor eu não sei, diz a prostituta, mas posso te vender todo o prazer deste mundo por uma hora inteira. Os prédios me enjaulam, e o cimento das calçadas me força a favor da gravidade. Temo não aprender o amor. O amor de que ela disse. Então ele caminha até mim. E, já cansado, pergunto-lhe; meu último esforço; desistirei logo depois;

está decidido. Mas minha pergunta o surpreende. De algum modo, ele não sabe o que responder. Pensa, pensa, abre a boca para articular algo – qualquer coisa – e torna a pensar. E quanto está prestes a me dizer, a opinião já formada, carregada de dúvidas, meu coração desacelera, meu sangue se sedimenta, minha visão perde o foco, e eu caio sobre a metrópole, morto. Minha mente ainda pulsa a estimada pergunta, tentando em vão corrigir minha carência de aprender o amor. A última coisa que vejo são os olhos vermelhos do búfalo, sentindo-me com total compaixão.

No entanto

"E foi nas ondas do mar que entreguei os meus problemas..."
Louvação a Iemanjá

"Em todos os meus sonhos ou apareces, sonho, ou, realidade falsa, me acompanhas."
Fernando Pessoa

Prólogo

Quando o caos se alastra, descalço e despido de meus sentimentos, piso firme na terra úmida e rezo a ti, Nossa Senhora do Silêncio, para que rompa a vestimenta escura das minhas noites em claro.

Esta minha cidade nada tem de atrativa. A sua extensão pequena e o seu povo ainda menor são como gritos na mata fechada, gritos de um recém-nascido a plenos pulmões, que não surtirão efeito. Ainda assim, os seus anos carregam os mortos da minha família, e aqui permaneço.

Nós nada temos de intimidante. Crescemos no litoral e fugimos para o interior do estado, onde fizemos abrigo. A Revolta das Conchas manchou com sangue o nosso brasão. Os seus coronéis balaram no peito gerações inteiras de homens de guerra, e restou às mulheres a provedura dos filhos. E, vendo que a areia se tornava rubra, e as dispensas se faziam vazias, seguiram caminho para cá. Perseguiram-nos e nos mataram (não a todos, mas a tantos que não sei contar) nesta nova terra.

Chama-se, como a lua, Nossa Senhora do Silêncio[3], de onde se ouve o vento e o canto de poucos pássaros no raiar das cinco, e na morte lenta do dia.

Os livros da estante dão certo sentido à vida. Eu os leio a vida toda. A minha cabeça está velha, como as folhas. A minha pouca

[3] Referência a Fernando Pessoa.

idade não revela o que carrego dentro de mim. Também eu tenho reservas colossais de tempo[4]. Mas este tempo, que é pouco e muito, me corrói como um ácido.

A mãe está na janela, vigiando a roupa que seca no varal. A mãe está sempre na janela. Cabelos presos, olhos que vertem alma, e algumas manchas de sol no rosto. Ela cheira a camomila, e isso me acalma. Quando ela canta, me sinto em casa neste mundo estranho. Mas ela pouco canta, e os calos nos dedos me lembram do motivo. A lavoura, que se pode ver da janela, é seu algoz. Ela se vai antes que o sol se levante, e retorna no meio da tarde, para nós: a casa e o filho.

Uma vez ela me levou consigo. Eu tinha 7. Acordei cedo, ainda à noite, troquei de roupas, pus as minhas botas mais velhas, apanhei meu chapéu e ajudei-a a levar o almoço (feito na noite anterior, guardado por dois pratos e amarrado por um pano branco, dentro da sacola de palha). Caminhamos pela estrada até a lavoura. Só existe uma em Silêncio, que é grande e suficiente. Fomos, mudos, retidos no balanço dos braços e na dureza dos nossos passos. A mãe respirava leve, acostumada.

"Você vai ficar ao meu lado, sem falar, sem apanhar nada que não seja o que eu te diga 'apanhe', e sem olhar as pessoas nos olhos."

Eu concordei. O sol começava a falar no topo das montanhas. Frio, e quase estático, falava pequenas sílabas, depois formava palavras, e no meio-dia gritava.

As fileiras intermináveis de camomila se mostravam aos poucos, conforme andávamos. Seduzindo os olhos, roubando as mulheres dos lares por todo um dia. O cheiro, ah o cheiro... Como podia um solo estéril de emoções exalar o cheiro da vida?

"Trouxe o pequeno?"

"Trouxe."

"Que acha da lavoura, pequeno?"

"Grande demais."

"Quando se olha por baixo, pequeno. Viu já o lago no centro?"

---

[4] Referência a Carlos Drummond de Andrade.

"Não."

"É o olho da plantação, pequeno. Um olho d'água tão escura cercada do verde."

"Posso, mãe?"

"Mais tarde."

Acompanhei-a durante todo o trabalho. Ajudava-a a carregar o cesto de palha em que se colhia a camomila, e a levá-lo ao galpão, onde se amontoava a colheita. Fazíamos esse percurso mais de dez vezes numa manhã, e a cada volta nos víamos mais cansados. O céu intumescido de suas vergonhas explicitamente se mostrava sobre as flores, sem qualquer nuvem que cobrisse sua lascívia. O vento era bem-vindo. Não tinha sequer força, mas encontrava nas trabalhadoras a espera de algum alívio, e portanto se vinha de bom-grado.

Colhemos as flores com candura. O santo grão da terra rompia o solo calmamente, ganhava força e músculos, alcançava idade adulta e logo partia. Libertávamos aquelas pequenas flores do seio ressecado. Teria Deus parte naquilo?, eu queria saber.

Não vimos o lago naquele dia.

Exauridos, em vez disso, tornávamos aos livros. E às roupas no varal. E à casa, este ventre do mundo.

Parte I

Dona Mercedes morava ao lado, numa casa de madeira ao estilo colonizador. As paredes verdes e o telhado branco. A calçada da varanda de cimento e cera vermelha. As janelas, amplas até demais (eram grandes para que pudesse cuidar de nós, a mãe dizia). Ela já não colhia mais. Vivia com a pensão do marido ex-militar, morto em combate. Recebera as honrarias devidas e alguns trocados ao fim do mês, para lembrá-la de que o Estado lhe era grato por seu marido.

Houve uma tarde, e que tarde curiosa, em que ela me convidou para tomar café consigo. Por volta das cinco.

Sua sala atravancada de bíblias. Contei ao menos quatro versões da escritura, devidamente abertas, cada uma em um evangelho, para que não houvesse a possibilidade de uma vida sem Deus. Como os adultos dão importância a isso, eu pensei. Os sofás de couro escuro, a mesinha de centro, assim como toda a mobília, de uma madeira que não se via por Silêncio. Na sala de jantar, os talheres e a porcelana eram antigos, porque, eu concluí, fossem talvez herança.

"Com ela eu sirvo apenas com meus convidados ilustres, que é para que não estrague na usura do dia.", disse, apontando para a porcelana.

Os quadros dos pais e dos avós nos acompanhavam durante o café. Era quase como se estivessem todos ali, ajuntados no pequeno cômodo, nos observando, nos medindo. Se Dona Mercedes e eu ocupávamos duas das oito cadeiras à mesa, por que não se sentavam conosco?

"Dona Quitéria está para bater as botas."

"A da rua de trás?", eu quis saber. Dona Quitéria sempre dizia que havia trocado minhas fraldas na infância, como fosse um elo estabelecido entre nós.

"A própria." Ela fez uma pausa, derramou o leite fervido para dentro da sua xícara, formando assim um fio branco que preenchia o vazio até o meio. "Aceita?"

"Um pouquinho, só."

"Fui fazer uma visita ontem mesmo, e a pobre velha já não caminha mais. Está entrevada, a coitada."

"O que aconteceu?", eu perguntei, só por educação, porque no fundo sabia que, com pergunta ou sem, Dona Mercedes não me pouparia de histórias. Se tinha alguém que sabia de tudo o que acontecia no bairro era ela. Eu acho que a aposentadoria dá certo tempo às pessoas, e certos prazeres que são tão deliciosos que Dona Mercedes deles não poderia se furtar.

"Se quer saber, a idade, ela sempre vem. Para todos", falou, em tom semiagourento, olhando para mim.

"Quantos anos ela tem?"

"Garoto, então não sabe que não é de bom tom perguntar a idade dos outros?", disse fingindo estar perplexa. A pragmática da coisa me confundia. "Oitenta e dois. Não que ela me tenha dito. Mas o compadre é chegado da família, e disse que estudaram juntos. O compadre também está na alcova. Mas anda, fala, lê o seu jornal. É à noite que se queixa das dores. Enfim, como eu dizia, já está para partir. Os filhos só estão esperando um momento, um único momento em que a velha não respire mais, para então vender aquela sua casa. Acho que é isso que os filhos fazem: eles deixam que os velhos se vão. Talvez não a aguentem mais."

“Por que a senhora diz isso?” Eu estava começando a ficar interessado. Aquela mulher sabia como nos enfeitiçar. Um só comentário e era como uma flauta aos ratos.

“E não é isso que sempre fazem? Veja a casa aqui do lado. O velho mal esfriou no caixão e os filhos já saíram vendendo tudo o que podiam. Ingratos, eu digo. Todos eles. Por isso não os tive.”

Ela, de repente, paralisou seu olhar numa poltrona ao canto da sala de estar. Pousou sua atenção ali enquanto levava a xícara à boca, interrompendo o movimento. O que ela via?, eu queria saber.

“Você não tem muitos amigos aqui…”, disse, mais afirmativa, rompendo o instante.

“Não. Todas as crianças do bairro já são crescidas. Sou só eu.”

“E o que você faz o dia todo? Digo, quando não vai à escola.”

“Eu leio. O vô me deixou os livros dele.”

“É mesmo? Que presente, não?” Depois de um gole do café, emendou: “Você parece muito sozinho. Venha sempre que quiser conversar comigo. Não é bom para os miolos crescer à míngua.”

“Crescer à míngua…?”

“E o seu pai, garoto? Vejo que sua mãe sai todo dia para se danar na lavoura, mas e do homem da casa, o que me diz?”

“Morreu. A mãe disse que ele era militar. Morreu na outra terra. Numa revolta, eu acho.” Respondi. Eu não fazia entender o que a ausência do pai causava em mim. Era dor? Era alívio? Suponho que as duas perpassem um mesmo sentimento, que seja a ausência. Isto, estava claro, eu sentia. Há certas coisas que só pertencem a nós; a ausência é uma delas.

“Sabe, meu pai também morreu quando eu tinha mais ou menos a sua idade. Não na guerra, como o seu. Era um bêbado, o coitado. Sempre achando uma calçada para fazer cama. Pobre homem…”

Eu olhei para ela e sorri, complacente. A quentura da sala me fazia suar, mas Dona Mercedes não parecia sequer perceber o calor retido pelas paredes. Era incrível como podíamos nos acostumar às coisas mais adversas até que se tornassem hábito. O calor do verão em Silêncio nos torturava, a nós que éramos jovens; os velhos o acolhiam como a um amigo. Quando se torna mais velho, se tem mais frio?, eu me perguntei. Hoje sei que o frio passa aos poucos para dentro; e as faltas do corpo são só um adereço; nada de tanta importância.

"Sabe, você deveria ficar feliz por ter a sua mãe. Eu posso falar pela minha, que morreu ainda jovem, de tuberculose. Naquela época era comum que as mulheres jovens tivessem pouca saúde. Acho que era um investimento caro demais aos coronéis e aos barões do café.

"Eu me lembro de quando ela veio até mim e teve a conversa mais franca que poderíamos ter tido. Ela me disse: 'Mercedes, você ainda vai descobrir o que uma mãe é capaz de fazer. Quando você começava a crescer dentro de mim, eu tive medo. Quando te coloquei no mundo, eu tive medo. Enquanto você brincava, eu tinha medo. Agora que estuda, eu tenho medo. Talvez isso seja ser mãe: ter constantemente o medo. Não medo de que você caia e se machuque, ou de que você nunca sare da bronquite. O meu medo é que você seja o que eu sou, ou ainda pior: que você seja tudo o que eu quis ser, mas não pude, porque me arrancaram de mim, a covardia e o tempo'."

Os mortos ali acumulados conosco se condoíam. Principalmente a mãe, que olhava seriamente para Dona Mercedes; seu olhar transitava entre a culpa e o arrependimento. Mas de que adiantava? Dona Mercedes não a via como eu.

Entre assuntos variados, na quentura da tarde e das lembranças espaçadas, tomamos o nosso café com os nossos mortos na sala. Era gente demais para um cômodo. Era tempo demais para um cômodo. Viver é perigoso, disse Riobaldo. Enxergar é que é.

Parte II

Uma vez eu li um poema que dizia Quando terra e flores eu sentir sobre o meu corpo, gostaria de ter ao meu lado tuas mãos, e, depois, guardar meus olhos dentro delas[5]. Assim eu me sentia quando pensava na mãe e na casa. As duas eram iguais. Na verdade, às vezes, eu achava que a mãe era a casa.

A casa não era grande. Ficava bem no meio de um terreno também pequeno. Na frente tinha um ipê amarelo. Mas ele não dava flores sempre. Era uma casa de madeira, dois quartos, banheiro e cozinha. As paredes respiravam à noite. Era dos meus avós, e foi também dos avós deles. Era verde, com telhas de barro e vistas brancas. Tinha três degraus para a porta de entrada. Nos fundos, grama, um tanque de roupas e um pinheiro alto. Tinha também uma horta, pequena, modesta, mas que nos dava tempero à vida. Eu era feliz. A mãe, não.

A mãe não era alta. Tinha cabelos escuros, com dois ou três fios brancos aqui e ali. O rosto tinha estradas que se encontravam na testa e no canto da boca. Os olhos pareciam gaiolas. O corpo magro, ligeiramente corcunda. Estava sempre de vestido de chita. Usava chinelos, e os pés estavam gastos, cascudos. A voz da mãe era grave, séria. A mãe não sorria. Acho que não ensinavam isso na escola. Mas a mãe gostava quando eu lia. Uma lembrança do seu pai. Eu não conheci os meus avós. Eles morreram antes de eu nascer. Mas a mãe os guarda nos quadros da cozinha.

---

[5] Poema de Hilda Hilst.

O coração da casa era a cozinha. Tinha um fogão azul claro surrado, uma geladeira capenga, e uma mesa de jantar para seis pessoas, de madeira já velha. Tinha um pequeno altar, do lado da porta. Tinha Jesus e Nossa Senhora. O coração da casa tinha fé. O da mãe… eu não sabia; o que eu sabia era que o coração da mãe era vivo, mas não era frequentado.

A mãe não falava; raras vezes ela cantava. Sobretudo quando cozinhava. Mas quando ela cantava, eu entrava na cozinha e sentia o cheiro do amor. Ela cantava:

Seu colar é de concha
Seu vestido se arrasta na areia
Ela tem cheiro de mar
Ela sabe cantar, canto de sereia

O seu colar é de concha
Seu vestido se arrasta na areia
Ela tem cheiro de mar
Ela sabe cantar, canto de sereia

Ó Janaína, quando estou feliz eu choro
Ó Janaína, deixa eu dormir no seu colo

Ó Janaína, quando estou feliz eu choro
Ó Janaína, deixa eu dormir no seu colo

E é no seu colo que eu afogo a minha sede
Quis te pescar, mas eu caí na sua rede
Feita com fios de cabelo emaranhado
Moro no mar e hoje sou seu namorado

Eu moro no mar e hoje sou seu namorado

Ó Janaína, quando estou feliz eu choro
Ó Janaína, deixa eu dormir no seu colo[6]

A fumaça das panelas me fazia esquecer das coisas. Era seu feitiço. As labaredas dançavam ao ritmo da música, servindo aos desejos da sereia. O simples ato de colocar o cheiro verde no mingau criava uma sensação magística no ritual. A cozinha era sagrada. A cozinha era o mar, e a comida me emaranhava na sua renda. Eu não sabia quem era Janaína, mas eu sabia que a mãe a amava.

A mãe tinha a pele negra. Era uma pele linda, como a minha, que é mais clara. A mãe tinha raízes inteiras dos baobás nos braços. Nelas corriam o choro, que eu nunca vi cair dos olhos. A mãe guardava o choro, mesmo quando estava feliz. A mãe tinha a brisa do mar na cabeça, a calmaria e a imensidão. Quando brava, os tormentos das tempestades marítimas. Mas a mãe tinha o rio correndo nos lábios, calmo e cristalino. A mãe não falava, mas o canto era a sua fala mais contida. O canto era silêncio. O canto era tempestade. O canto era um caminho sem volta. Quando terra e flores eu sentir sobre o meu corpo, gostaria de ter ao meu lado o teu canto, que é o ouro da mina, e os raios da tua cabeça. Sinto sua falta, mãe.

---

[6] Ponto de umbanda.

Parte III

André chegou ao bairro num dia de chuva. O caminhão parou na casa ao lado e desceram um menino, um pouco mais alto do que eu, uma mulher e um homem, que cobria sua cabeça com um jornal para se proteger da chuva.

"Rápido, Celso. Deixe que os homens descarreguem tudo", disse a mulher ao marido. "Venha, André."

Os três entraram para a casa. Era uma casa grande, de tijolos pintados de branco, com vistas e telhado de barro pintados de azul. Tinha uma varanda na frente, com uma mesinha, duas cadeiras e um balanço pendurado ao teto.

Eu estava na janela, quando André acenou com a mão, e eu acenei de volta.

No dia seguinte, a chuva havia parado, e sobrava apenas o barro. Eu escutei palmas no meu portão. Três palmas contínuas, e duas espaçadas.

"Oi."

"Oi", eu falei, meio timidamente, e informei o meu nome, de maneira rápida demais.

André me deixava nervoso, e isso se intensificava porque eu não sabia o real motivo. Naquela tarde, nós brincamos na rua. Eu descobri que ele tinha 15 e adorava correr. Eu disse que tinha 13 e gostava de ler. Ele corria mais do que eu, mas diminuía a velocidade por pena. Eu lia mais do que ele, e falava uma frase ou outra que me vinha à memória.

Sentamos, depois de um tempo, na varanda da casa dele. Eu havia conhecido os seus pais. Eram pessoas interessantes. Ele era mais sério, e a mãe um pouco mais brincalhona.

"Eu gosto daqui", André disse, olhando em volta. "É calmo. Mais calmo que o centro. Você já foi no centro?"

"Ainda não. A mãe nunca me levou."

"É tumultuado. Tem muita gente correndo e falando alto. Aqui é quieto. Eu gosto."

"Você já conheceu a lavoura?"

"Não. Podemos ir lá amanhã, se quiser..."

"A mãe não deixa eu ir sem ela. Ela trabalha lá. Já vai chegar, eu acho."

"Faz muito tempo?"

"Desde que eu nasci. Não sei se ela trabalhou em outro lugar. Eu só sei onde ela trabalha agora."

"A tua mãe é quieta. Eu gosto de pessoas quietas. Eu gosto também de quem fala bastante, e de quem fala na medida certa. Mas pessoas quietas guardam mais de si do que entregam ao mundo, então elas têm mais a nos dar quando o momento chega. Pelo menos era isso que meu avô falava. Ele também era quieto."

"Vamos apostar corrida? Até o fim da rua; o que me diz?"

"Quem ganhar, ganha o quê?"

"Qualquer coisa."

"Vamos."

E então nós corremos. O coração disparado tentando compensar o oxigênio, o sangue fervendo nas veias. As casas se embaçando no ritmo acelerado dos pés. As pernas se alongando e comprimindo, até doendo um pouco. A euforia. Nós éramos as únicas crianças do bairro. Somente André e eu, e o bairro era nosso, a rua era nossa. Nosso patrimônio conquistado ao acaso e ao suor.

Eu estava ganhando, mas de canto de olho vi que, na imensidão daquela pista, André me ultrapassava. Eu tentava competir, aumentando as passadas, inclinando o corpo para frente e para trás, para ver o que dava certo, mas nada parecia adiantar. André também tinha o vento na cabeça, e nos braços, e nas pernas. André ganhou. Mas eu não fiquei triste. Coloquei as mãos nos joelhos tentando recuperar o fôlego. André fez a mesma coisa, mas tinha um sorriso no rosto. Era o sorriso da vitória.

"Eu ganhei", declarou, depois de um tempo.

"O que você quer?"

Achamos uma sombra embaixo de uma árvore já na esquina. As casas pareciam vazias, dormindo enquanto ninguém entrava nelas.

"Um abraço basta."

"Um abraço?"

"Hum, pode ser um aperto de mão também. Para selar a vitória."

Eu apertei a sua mão, e ele me puxou para o abraço. Eu coloquei as minhas mãos nas suas costas, úmidas e quentes. A camiseta dele estava colada ao corpo, como estava a minha. Dava para sentir coração dele em vias de se acalmar, mas ainda acelerado, ainda que não mais prestes a se romper. O movimento irregular da sua respiração e o calor do corpo. Ficamos ali por alguns minutos. Eu então fechei os olhos e recostei a minha cabeça no ombro dele. Eu desejei que André nunca mais fosse embora. Eu gostava dele. Eu queria brincar com ele todos os dias da minha vida. Eu queria conversar. Eu queria falar dos livros que eu lia. Eu queria apostar corridas. Eu queria levá-lo à lavoura. Eu queria mostrar o bairro para ele. Eu encontrei um amigo.

"Eu gostei que você se mudou, André."

"Eu também gostei."

Depois do abraço, eu vi de longe minha mãe chegando em casa. Já estava no portão, com a sua sacola de palha e o chapéu protegendo-a do sol.

"Eu tenho que ir."

Parte IV

A grande seca daquele inverno secou também a mesa da nossa casa. A mãe não trabalharia na lavoura até que voltasse a chover. Não tinha serventia, era o que dizia. No entanto, costurava para fora. Um bordado aqui, um remendo ali, mas nada que trouxesse novamente o sono para as suas noites.

Eu, naquela época, pouco percebia disso. E ela menos me falava. A sua fortaleza precisava se manter intacta, para que ela não mostrasse medo, e eu tampouco o sentisse. Hoje percebo o quanto ela se privou dos seus próprios temores para que eu estivesse seguro, mesmo em meio ao caos – principalmente em meio ao caos.

O solo rachado revelava à mãe os seus maiores medos. Porque, na verdade, é este o impulso único que temos desde que nascemos. Os demais são só variações do temor. Temos medo de amar, e depois de perder quem amamos. Temos medo da descoberta, e depois de tornar ao estado de coisas que antes se fora rompido. Temos medo do fim, e mais ainda de que ele nunca chegue. O medo é inevitável, bem como a sede da terra.

André chegou ao meu portão naquele dia e disse: “Vamos à lavoura”.

Tínhamos combinado que iríamos tão logo ele chegara à rua, mas nunca fomos. Sempre havia o imprevisto, e o medo de fazermos algo errado.

Ele estava todo de branco, e tinha consigo uma sacola de palha, como a que minha mãe usava para carregar água, suas luvas, seu almoço e algumas frutas.

Dona Mercedes nos observava da janela. Quando percebeu que nós a observávamos de volta, ela sorriu e acenou, sem jeito.

"Espera um pouco. Eu já saio", respondi.

A mãe estava costurando. Francamente, ela não fazia questão de que eu ficasse preso dentro de casa. Nosso único acordo, ainda que implícito, era que eu estivesse de volta antes que escurecesse. Coloquei meus chinelos e saí.

"O que você tem aí?", perguntei, apontando para a sacola.

"A chuva", limitou-se a responder. André não falava muito também. Falava quando sentia a necessidade de falar, que é como deve ser, eu penso.

Caminhamos lado a lado, em silêncio. O sol quente refletia na sua pele escura e criava cores de cobre e terra que eu não sabia distinguir. Sua pele era mistério. André, para mim, estava chafurdado em mistério, e isso me fascinava.

Passamos pela cerca de arames farpados. Caminhamos mais um pouco até que chegamos ao olho d'água. Deixamos para trás fileiras e mais fileiras de terra seca e sementes de que eu nada sabia. O que seriam? Quando seriam? A terra fértil, ora contrariamente estéril, as abortava com pesar, não por escolha, mas pelas faltas.

"Segure a sacola", ele falou, e a entregou para mim.

Ele retirou de dentro dela uma bacia de barro, que depois eu descobri se chamar alguidar. Colocou-a na terra, à margem do olho; depois, uma abóbora-moranga cozida, cortada ao meio em vai e vem de triângulos, assim como um mamão, igualmente cortado. Retirou também morangos tão maduros que a minha boca salivou ao lembrar do gosto que poderiam ter. Retirou flores alaranjadas, mais vivas do que nunca, e as posicionou com exatidão entre os morangos, o mamão e a abóbora. Não parecia ser aquela a primeira vez que fazia aquilo. Eu o observava quieto, estudando cada movimento seu e me perguntando qual seria o objetivo de tudo aquilo. Ele retirou da sacola, agora mais leve, duas espadas de Santa Rita; cruzou-as em torno do alguidar. Por fim, sete velas finas brancas. Colocou-as com cuidado em trono de tudo, tentando formar um círculo, com uma vela ao topo e três de cada lado. Pegou a caixinha de fósforos que restava na cesta e as acendeu. Depois, tirou os chinelos e ficou descalço; os dedos se enterrando na secura daquelas terras.

Eu olhava para os lados, buscando algum intruso daquele momento. Os donos da lavoura tinham cachorros que eram soltos quando as trabalhadoras não cumpriam suas funções, a mãe me disse. Não vi nenhum deles, mas torci para que não aparecessem; eu queria saber o que aconteceria; o que André faria em seguida.

André se ajoelhou. Eu o perguntei, então, se ele poderia me explicar o que era tudo aquilo. Ele, novamente, se limitou a dizer: "A chuva".

Ele encostou suas mãos na terra e inclinou seu corpo para a frente, para que encostasse a cabeça no chão diante de todos aqueles elementos. Então fechou os olhos e começou a fazer uma prece tão sussurrada que eu não conseguia distinguir palavra.

André se levantou calmamente, abriu seus braços, com as palmas da mão viradas para frente, como Cristo, e começou a cantar:

Vem rompendo os ventos
E dominando os trovões
Ela é a deusa dos raios
Vem trazendo a proteção...

Epahey! Com sua espada na mão, Iansã
Arêrê, arêrê minha mãe Iansã, epahey!

Vento na aldeia
Giraram as ondas do mar

Pedras rolaram nos montes
Arêrê Iansã

Orixá de Xangô, de Oxumaré e de Iemanjá
Ela é a deusa dos raios
É orixá de Obá

Epahey! Com sua espada na mão, Iansã
Arêrê, arêrê minha mãe Iansã, epahey![7]

Aos poucos, comecei a ver uma luz alaranjada, que vinha do sol, das nuvens e das velas. A luz, que começava tímida e se tornava densa e fina ao mesmo tempo, como fumaça de estrelas, ia na direção da cabeça de André, que irradiava outra luz, dourada, como uma coroa, em pequenos feixes que se erguiam e se abaixavam. A luz alaranjada tocou a luz dourada, formando uma terceira, branca e extremamente forte. André respirou mais profundamente. Sugou todo o ar que seus pulmões aguentavam. Ele levou as duas mãos à frente da boca, com os dedos retos e esticados, e começou a balançá-las, enquanto soltava o ar pela boca fazendo com os dentes um chiado. André começou a girar em torno do próprio eixo; primeiro devagar, tomando e soltando o ar; depois mais rápido, como um tornado. Por algum motivo, a letra do que ele acabara de cantar latejava na minha mente. Meu coração estava acelerado, como quando apostávamos corrida. A minha respiração ofegante, e eu não entendia o porquê. Não podia segurar mais, tive que cantar.

Vem rompendo os ventos
E dominando os trovões
Ela é a deusa dos raios
Vem trazendo a proteção…

[7] Ponto de umbanda.

O tempo não existia mais. Não ia para frente, nem para trás. Era como se nunca houvesse existido. Uma vida sem tempo. Eu nunca estivera tão confuso; confuso do que André fazia; das sensações do meu corpo; da luz que eu via. Eu estava ficando louco? Era a única pergunta que eu me podia fazer; a pergunta que me urgia.

Aos poucos, a fumaça de luz laranja foi-se afastando da cabeça de André, e ele começou a desacelerar até, finalmente, parar. Eu já havia parado de cantar, então; só observava, meio boquiaberto. Um desmonte das minhas correntes.

"O que foi isso que eu acabei de ver?", eu perguntei, quase atônito.

"Iansã. Oyá. O vento. A tempestade. São tantos os nomes que eu nem poderia listar."

"E o que diabos é isso?", falei, com a voz estridente, dando vasão a meu nebuloso nervosismo.

"Iansã aceitou a entrega", e sorriu, encerrando o assunto.

Eu, por outro lado, sentia uma necessidade tão grande de saber o que era aquilo, que chegava a me irritar a falta de informações dadas por ele.

"Estou cansado. Hoje não vamos brincar. Mas amanhã nós podemos, se você quiser", concluiu.

Eu apenas assenti, ainda atordoado. Fomos para casa, novamente em silêncio. Deixamos todas aquelas coisas ali. Quando perguntei se não faria mal que elas ficassem, ele me respondeu que provavelmente algum animal as comeria, e que o alguidar poderia ser destruído, mas que era, ao fim e ao cabo, barro, e ao barro tornaria. Iansã, afinal, já havia aceitado a entrega.

Naquela noite, já tarde, entrando à madrugada, um estouro. A mãe e eu corremos para a janela. No céu escuro, um clarão atrás de uma nuvem a repartiu das demais. Era um raio. E, depois, outro, e mais outro, até os primeiros pingos de chuva.

"Vou voltar. Graças a Deus, vou voltar", disse a mãe, para si mesma.

Eu não sabia se era graças a André, a Deus ou Iansã. Mas eu também dava graças.

A chuva chegou calma, e então engrossou, oscilando durante toda a noite e o dia seguinte. A mãe dormiu, depois de dias, como um bebê. Teria mesmo André parte naquilo? O acaso, no entanto, tinha mais força como resposta. Mas entre a força e a dúvida, eu escolhi a dúvida.

Parte V

O mar estava calmo numa manhã de domingo em frente ao farol das conchas. Os militares que o guardavam observavam o grupo de pescadores tentando apanhar o sustento.

"Ninguém há de se aproximar. Ninguém transpassará. Isto, eu vos digo, soldados, é uma ordem de seu general. A morte será vossa recompensa por insubordinação ou ineficiência."

A menina brincava à beira da praia, enquanto o pai, dentro da água, reunido com os seus, tentava pescar.

O pai apanhava conchas e as guardava nos seus bolsos para dar à filha, que gostava de brincar.

A filha fazia desenhos na areia molhada. Primeiro uma borboleta. Depois, três ondas. E então uma sereia. A cauda imperfeita, sem escamas ou qualquer traço que lembrasse um peixe, encontrava o tronco e os braços humanos. Não parecia uma sereia. No entanto, para a menina, parecer não era necessário.

A menina então viu uma borboleta. Era uma borboleta de verdade; linda, com olhos nas asas. A menina a acompanhou fascinada. A borboleta traçava seu curso para a construção de pedras, rompendo o ar, moldando-se a ele. A menina começou a segui-la, tentando manter-se cada vez mais próxima da beleza daqueles olhos. O soldado responsável pela área virou-se de costas, porque escutou um ruído atrás de si. A borboleta atravessou a barreira imaginária criada pelos homens. A menina também. E o soldado voltou a olhar para a frente, sem notar a menina e a borboleta que, furtivamente, haviam transpassado a muralha invisível.

O pai olhou para a praia. A menina se havia ido. O pai correu do mar, chamando-a. O pai se desesperou. Sua filha havia sumido. O pai correu para os guardas, tentando algum auxílio, alguma pista do paradeiro da menina. Nenhum deles a vira. Então, lá no fundo, próximos à porta do farol, ele viu olhos voando, e viu sua menina seguindo-os. Ele gritou para alertá-la de que um dos militares responsáveis pela segurança apontava uma arma para a cabeça da menina, pedindo para que ela recuasse. Ele então começou a correr, para tentar impedir o que quer que fosse, o que quer que pudesse pensar acontecer. No entanto, o militar levantou a arma e atirou no pai, que havia transpassado o limite. As ordens do general haviam-se executado com perfeição.

A menina gritou. A borboleta voou para longe. Os demais pescadores correram para perto do corpo caído sobre a grama. Os demais guardas apontaram suas armas. Possuídos da sua cólera, os pescadores os atacaram, e os disparos de retribuição fizeram as gaivotas levantarem voo. O guarda da porta, que havia atirado no pai aproximou-se também do corpo, e nele reconheceu seu cunhado, renegado por toda a família do militar. Dera-se conta do que havia feito.

Nos bolsos de todos os pescadores havia conchas. O primeiro militar foi morto por seu general, que se enfureceu com o extremismo na execução das suas ordens. Seu nome não se sujaria por um soldado. Colocaram também no bolso do soldado morto uma concha, porque era agora um civil como os pescadores mortos.

A menina fora levada para uma cidadezinha no interior. Algum nome sacro que mal contasse nos registros. Aquela história jamais existiria. Não poderia ser a revolta de que falariam anos depois. Não àquela época. Não sob aquele comando.

Jogaram, por fim, os corpos ao mar, na esperança de que as águas se encarregassem de limpar aquela cena de crime.

Parte VI

Silêncio, 07 de setembro

Quando eu olho para ele, vejo o pai, e só o pai. Os mesmos olhos manchados de verde, a mesma boca miúda, a mesma voz galante. A juventude do mundo encarnada. E isso me dói. O pai, eu o conheci numa festa da paróquia de Nossa Senhora do Silêncio. Eu trabalhava na barraca de flores, quando ele chegou e me pediu uma rosa vermelha. Usava um terno preto que se ajustava perfeitamente ao corpo. Na lapela, um lenço vermelho. Tinha consigo uma cartola, posta agora, que conversávamos, embaixo do braço esquerdo.

"Quanto é?"

"Dez, senhor."

"Aqui está." Ele me entregou o dinheiro e a rosa. "Venha comigo ver o pôr do sol, quando a festa acabar."

Eu sorri e aceitei a rosa.

Naquele dia, não vendemos bem. Nos anos seguintes, não houve uma barraca de flores.

Às cinco e meia, ele retornou. A mesma figura galante. Pegou a minha mão e beijou-a delicadamente. Eu levava comigo a rosa. Caminhamos até o topo da pedreira de Silêncio. Não ficava muito longe. Lá em cima havia um mirante de madeira. No caminho, quase não nos falamos. Ele me perguntou meu nome e eu respondi. "Ricardo", falou ele, quando lhe perguntei "E o seu?". Era militar. Servia no litoral, mas tinha família em Silêncio. Uma família tradicional, como todos sabiam, e repleta de posses.

O sol estava ainda um pouco alto. Naquele dia, demorou mais do que o normal para morrer. A cumplicidade dos astros é estranha às vezes.

Do mirante se via toda a cidade. A paróquia era o edifício mais alto, com sua torre do sino se precipitando à vista. Via-se a lavoura, imensa, no extremo esquerdo do quadro. Depois, Caixias, o bairro em que eu morava, logo ao lado. Via-se o centro, cercando a paróquia. E o Bairro Alto, onde morava a família de Ricardo e quem estivesse à altura. Os outros bairros, modestos por natureza, não saltavam à vista. Eram coadjuvantes naquele espetáculo estático e tedioso. Mas era a vida que me fora dada.

"Você gosta do mar?", me perguntou.

"Nunca o vi."

"É lindo. O mar é retrato da calmaria. Quando eu sirvo, olho para o mar, e me lembro de casa. Talvez o mar venha a ser a minha casa um dia, ou já tenha sido."

"Talvez um dia eu conheça o mar", falei, olhando para o céu e pensando em quando seria esse dia, e se o seria.

"Talvez um dia eu a leve para conhecê-lo."

O sol ia percorrendo o céu rumo à morte; e a nossa conversa, cada vez mais viva. Houve um momento, e somente um, em que o sol tocou o horizonte e se expandiu, sujando o azul com seus estilhaços em roxo e laranja. Depois disso, nossos lábios se tocam. Aquela explosão causou efeitos no meu corpo que nunca antes eu havia sentido.

Ali no mirante, consumamos aquele sentimento estranho, novo. Eu sentia todas as minhas correntes se despedaçando, uma a uma.

Ele me olhava nos olhos, sem parar, sem sequer vacilar. Os olhos, estas gaiolas abertas, quase escancaradas ao mundo, encerram pássaros. E como é lindo quando, na presença de alguém, se fazem revoada.

"Você me fez revoada", eu disse.

"Amanhã nos veremos, e depois de amanhã, e no outro dia, e em todos os dias em que eu respirar. Ou até quando eu não mais respire."

"Amanhã te espero."

Ricardo retornou no dia seguinte, para me dizer que logo partia. Precisava voltar à batalha. Mas que, com a mesma rapidez que se ia, voltava.

Ricardo nunca mais voltou.

Descobri, alguns meses depois, que tinha sido morto em combate. Seu corpo fora achado no mar. Ricardo estava em casa e eu, grávida. Não fui ao seu velório.

Ó Janaína, como posso ser mãe como você? Tu que és a mãe maior, a primeira, a que gerou todos os outros. Janaína, me ajude. Janaína, me ajude, minha mãe.

Eu tenho tanto medo. Me informei com um compadre advogado e não tenho direito à pensão de militar. Como farei, Janaína? Como meu filho não conhecerá a fome? Como, Janaína? Me dê forças, Janaína. Me dê forças.

Por que você me abandonou, Ricardo? Por quê?

Por que você me fez revoada e se foi com o vento? Tornaste ao pó, Ricardo? Como você ousou pôr a tua semente em mim e depois partir, para que eu tivesse todo dia uma lembrança sua em carne? Ricardo, eu te odeio. Eu te odeio. Eu te odeio. Eu te odeio. Ricardo...

Janaína, me dê forças. Janaína, eu tenho medo. Janaína, eu amo o Ricardo.

Parte VII

No dia em que a mãe morreu nós gritamos um com o outro. Ofensas as piores. Incrível como o grito nos alivia. Mas a que preço?

Eu havia me cansado daquele silêncio dela. Eu não a conhecia. Como poderia viver com o fardo de não sabê-la?

Ela revidou. Falou, enfim. Gritou. Botou para fora tudo o que seu silêncio entulhara nas gaiolas dos seus olhos.

"Eu nunca vou te perdoar", eu falei, já sem fôlego.

"Eu não quero que me perdoe."

"Então o que você quer? Diga, de uma vez, para que eu possa fazer o exato oposto. Vamos, diga."

"Eu não quero que você saiba nada", ela disse. "Porque uma vez que você saiba, você estará fadado a isso. Toda a sua vida, todos os seus impulsos vão correr em direção a isso. Como um fantasma. Eu quero te poupar."

"Isso não cabe a você. A escolha é minha. Somente minha."

"Pode até ser. Mas as consequências são minhas."

Aos berros, novamente, nos víamos num embate em frente aos santos na cozinha. O dia já morrendo. André, eu podia ver, sentado na varanda ouvindo tudo. Mas já estávamos mais velhos, e não nos falávamos mais com tanta frequência. Por que eu perco tantas pessoas?

Súbito, interrompeu-se.

“Vamos parar com isso. Eu não aguento mais essa discussão. Ela não nos levará a lugar algum”, a mãe falou, visivelmente cansada. Ofegava.

Eu me retirei, mas somente depois de dizer as três palavras cujas consequências seriam minhas, e não dela: “Eu te odeio”.

Naquele instante, e pela primeira vez nos meus dezessete anos, eu a vi chorar.

Ela foi dormir cedo naquela noite. Emudecida nas palavras, mas sinfônica nos miolos.

Não nos olhamos uma vez sequer depois do episódio.

A mãe acordou morta de manhã, com os olhos fechados e as mãos cruzadas sobre o peito.

Eu, depois, vim a saber que morrera falando umas poucas frases. *Ricardo, nosso filho me odeia. O que farei, Ricardo? O que farei, Janaína?*

A mãe conhecia o mar; no entanto, não se lembrava dele. Estava agora em casa. E eu…

Epílogo

Eu achei os diários da mãe. Hoje ela se fez mais presente. Posso ouvir o seu canto. Em Silêncio tudo segue do mesmo modo. Eu voltei à casa que me havia parido. O ipê não estava florido. As paredes careciam de tinta. As janelas de Dona Mercedes não a tinham mais. Fora-se juntar ao povo cigano de onde seu pai era oriundo, solta da carne. A casa ao lado estava vazia. Onde estaria André? Eu me lembrava de André. Sentia a sua falta. Caminhava rumo à casa como caminhasse rumo ao mar. Janaína, me acolha. Silêncio, me acolha. Quando o caos se alastra, descalço e despido de meus sentimentos, piso firme na terra úmida e rezo a ti, Nossa Senhora do Silêncio, para que rompa a vestimenta escura das minhas noites em claro. No entanto, você não pode trazê-la de volta. Eu sinto muito, mãe.

POESIA

Errante[8]

Arranco-te, poeta, as retinas fatigadas e aproprio-me.
Tua pele serve-me de veste e também teus ossos.
A tinta entranhada em teu estômago passa a mim e crio monstros.

O lastro de meu corpo,
ineficaz,
condiciona a queda
da carne ao primeiro passo.

Erro em meio a cabeças fartas e almas sob escombros.

As cores ferem-me em variações bruxuleantes, como lâminas duma cartela
[que se expande
da singularidade à ambivalência
e cortam
e cortam
e cortam
continuamente
sem fôlego ou piedade.

Há carros, motos, ônibus, trens, placas, faixas, outdoors, prédios, pássaros,
[há vagas,
não há vagas,
há pedras, sons, pó, ar, beleza e morte.

Há dor.

---

[8] Poema originalmente publicado na revista Arcádia, da Unicamp.

Marco o asfalto, cruzando de uma extremidade a outra;
pedestro.

A metalidade choca-se contra mim e, calmo, sinto o mármore
fragmentar-se
e os corvos deixarem-me, se aproveitando do arcabouço esmagado.
Aproxima-te, agora, e faça-me teu como tu és meu.

Já não sou nada,
senão nada,
senão tudo,
senão tu.

E tornarei enfim poesia

Eu ainda não descobri
Se o sol cerceando
As lacunas do vento
Pode, tão facilmente,
Consertar os meus olhos
Cansados.

O que sei, e de nada vale,
É: no instante puro
Da conjunção dos astros,
Rompido o véu que nos parte,
Há de escorrer areia dos meus
Ossos
E tornarei enfim poesia.

Òsóòsì

Nas folhas do teu braço
Eu te escrevo juremeiras.

Nas pontas de tuas setas
Eu me faço só caminhos.

Nos marcos sobre a terra
Deposito as tuas caças.

À coroa do teu filho
Eu me dobro em arco firme.

Osun

É com teu ouro que recubro
os meus medos.

É do teu pranto que se forma
então o rio.

É do teu rio que renasço
em novo ventre.

E por teu ventre que me torno
mais um filho.

Quando você

Quando você partiu
Eu desejei então a morte.
Fi-lo tão profundamente
Que chegava a ser verdade.

Quando você voltou
Eu quis dias de chuva
E, do pranto inacabado,
A solidão absoluta.

Quando você me amou
Eu desejei mais um orgasmo
Usei-te com tanto afinco
Que morri sem tê-lo amado.

Nascente

Ódio,
Qualquer senso torto
Que nos vem do ventre
úmido
da terra
Escorrendo pelas raízes
Rasgado
por galhos inteiros
Conduzido ao nosso tronco,
medula espinhal,
cartilagem, ombro, omoplatas.

Raiva,
Intenso rebate
Dos tufões de ar
Fervidos sobre os campos
De cruzes e colos
Negados.

Ópio,
Secura dos dias,
Frieza de nossas mucosas
Abertas
À total incapacidade
De sermos
Qualquer coisa pouca.

Mas persistimos,
Com nossas memórias em brasa.

Foz

Estes nossos gestos tão raros
Singelos monumentos erguidos
Aos deuses, ruínas
Hoje são
De nossa carne rompida
Em desejos e ofertas
De dias que nunca virão.

Estas memórias letárgicas
Anestesia cega dos dias
De nada adiantam
Ou mudam tampouco
O curso do tempo
Dos homens de nossa era
Que se rendem ao medo.

Adentrei, finalmente, a minha condição última

Adentrei, finalmente, a minha condição última;
galguei amplidões do mais nefasto nada.
Entendi, por ora, que se trata, o nada, não mais que um vazio tão imenso que tentamos
    vagamente
preenchê-lo de nossos demônios-desejos-falência.
Descobri na face oculta do destino o meu exato lugar nas trincheiras do garbo.
Abracei, então, minha moral tão deturpada,
meus impulsos miúdos, rasteiros,
    minhas serpentes-pensamento.
                                        E será por que te encaro docilmente na ausência de meus
                                        caninos?
                                                E será por que te afago tão desesperadamente, na
                                                ausência dos meus sentimentos âmbar?
                                                E será por que te contorço entre os dedos da
                                                minha mão esquerda?
E será por que te incendeio com pólvora molhada?
E será por que te devoro com tanta dor?
E será por que te encontro na minha sujeira,
no meu encardume, que me segue desde os meus simulacros,
e não consigo sequer tentar
    deixar-te
sobre os muros da casa?
                              Será por que entendi, finalmente, o nada, e adentrei, por ora, a
                              minha última condição?
                              Só me resta, é claro, duvidar mais que a mim,
                                  e buscar fragmentos do tempo.

pólen bold 90 gr/m2
- tipologia garamond
impresso no verão de 2023